www.ingramcontent.com/pod-product-compliance
Lightning Source LLC
LaVergne TN
LVHW010422070526
838199LV00064B/5379
* 9 7 8 9 3 5 8 7 2 3 4 1 0 *

سبز پری

(ناولٹ)

آصف احمد بھٹی

© Asif Ahmad Bhatti

Sabz Pari (Novelette)
by: Asif Ahmad Bhatti
Edition: April '2024
Publisher :
Taemeer Publications LLC (Michigan, USA / Hyderabad, India)

ISBN 978-93-5872-199-7
9 789358 721997

مصنف یاناشر کی پیشگی اجازت کے بغیر اس کتاب کا کوئی بھی حصہ کسی بھی شکل میں بشمول ویب سائٹ پر اَپ لوڈنگ کے لیے استعمال نہ کیا جائے۔ نیز اس کتاب پر کسی بھی قسم کے تنازع کو نمٹانے کا اختیار صرف حیدرآباد (تلنگانہ) کی عدلیہ کو ہو گا۔

© آصف احمد بھٹی

کتاب	:	**سبز پری** (ناولٹ)
مصنف	:	**آصف احمد بھٹی**
پروف ریڈنگ / تدوین	:	اعجاز عبید
صنف	:	فکشن
ناشر	:	تعمیر پبلی کیشنز (حیدرآباد، انڈیا)
سالِ اشاعت	:	۲۰۲۴ء
صفحات	:	۳۴
سرورق ڈیزائن	:	تعمیر ویب ڈیزائن

بہار کی خوبصورت دن تھے اور مری کی وادی میں بہار کا موسم تو ہمیشہ سے اپنی بھرپور جوانی پہ ہوتا ہے، ہر طرف سبز قالین بچھ جاتی ہے، خوبصورت اور مہکتے ہوئے جنگلی پھول کھل اُٹھتے ہیں جن کی مہک پوری فضا کر معطر کر دیتی ہیں ایسے ہی خوبصورت دنوں میں وہ لوگ ہمیشہ کچھ دن اپنی مری والی کوٹھی میں ہی گزارتے تھے اور اِس بار بھی وہ لوگ اسلام آباد سے چل پڑے تھے، ہمیشہ کی طرح آج بھی زاہد خود ڈرائیونگ کر رہا تھا اور اُس کے ساتھ پیسنجر سیٹ پر ثوبیہ بیٹھی ہوئی تھی اسد اور نوال پچھلی سیٹ پر تھے اور نوال اپنی عادت کے مطابق سیٹ سے ٹیک لگائے اسد کے کندھے پر سر رکھ کر سو چکی تھی، مری کے مضافات میں داخل ہوتے ہی اسد نے نوال کو جگانے کی کوشش شروع کر دی تھی وہ نیند کی بہت گہری تھی مگر جب اُن کی گاڑی اپنی کوٹھی کے مین گیٹ پر رکی اور چوکیدار نے گاڑی کے لیے گیٹ کھول دیا تب اسد نے نوال کو تقریباً جھنجھوڑ ہی دیا۔

کیا ہے بھائی۔ وہ جھنجھلا کر بولی، وہ اسد سے پانچ سال چھوٹی تھی۔

اُٹھو بھئی! ہم لوگ پہنچ گئے ہیں۔ ثوبیہ نے کہا نوال اُٹھ بیٹھی اور آنکھیں مل کر دیکھنے لگی اسد اور زاہد اُتر کر سامان اُتارنے لگے۔

مجھے پہلے کیوں نہیں جگایا۔ نوال نے منہ بنالیا۔

کب سے تو جگا رہا تھا۔ اسد نے بیگ نیچے رکھتے ہوئے کہا۔

اچھا! وہ شرمندہ سی ہو گئی یہ بات وہ بھی جانتی تھی کہ وہ نیند کی بہت پکی ہے چوکیدار بھی گیٹ بند کر کے آ گیا۔

السلام و علیکم جی۔ اُس نے سب کو سلام کیا زاہد اور اسد نے اُسے ہاتھ ملایا وہ مری کا ہی رہنے والا پکی عمر کا آدمی تھا۔

کیسے ہو صید علی۔ زاہد نے پوچھا۔

مالک کا بڑا کرم ہے جی۔ وہ اسد سے بیگ لیتے ہوئے بولا۔ میکی دیو جی (مجھے دیں جی) ہمیشہ کی طرح نوال اُس کی گلابی اردو پر ہنس دی وہ بھی ہنس دیا۔

نکی بی بی جی! تساں (آپ) میرا مذاق کرتی ہیں۔ اور ہنستا ہوا دو بیگ پکڑ کر گھر میں داخل ہو گیا باقی دو بیگ اسد نے اُٹھالیے وہ سب بھی اُس کے پیچھے گھر میں داخل ہو گئے اس نے بیگ لیونگ ہال میں رکھ دیئے اور ثوبیہ کی طرف دیکھنے لگا۔

باقی ہم لوگ کر لیں گے۔ ثوبیہ اُس کے انداز سے ہی سمجھ گئی۔

ہلا جی (اچھا جی)۔ اُس نے سر ہلا دیا۔

صید علی! کوئی پریشانی تو نہیں ہے۔ زاہد نے پوچھا

نا جی! وہ مسکرایا۔ مالک کا بڑا کرم ہے جی سوہنڑے دن گزر رہے ہیں۔ نوال پھر ہنس دی۔ میں ہونڑ جُلاں جی (میں اب جاؤں جی)۔ اُس نے پوچھا۔

یہ کچھ پیسے رکھ لو۔ زاہد نے جیب سے کچھ کرنسی نوٹ نکال کر کہا۔ کچھ کھانے

پینے کا سامان لے آنا۔

سامان تو سب موجود ہے جی۔ اُس نے جواب دیا۔ فروی بی بی جی دیکھی کَنن کَجھ کاہٹ ہوتے لے آوٗں (پھر بھی بی بی جی دیکھ لیں کچھ کم ہو تو میں لے آوٗں)۔

اچھا ٹھیک ہے تم جاؤ آرام کرو۔ زاہد نے کہا۔

اچھا جی! وہ سلام کر کے باہر نکل گیا ثوبیہ سامان نکالنے لگی نوال بھی اُس کا ہاتھ بٹانے لگی زاہد اپنے کمرے میں چلا گیا اور وہ خود اُوپر ٹیرس پر آ کر کھڑا ہو گیا موسم بہت دلکش اور بھیگا ہوا تھا اُس کی پلکوں کے کنارے بھی کچھ بھیگ گئے ایک عجب سی اُداسی اُس کی آنکھوں سے جھلکنے لگی تھی وہ وادی میں دور دور پھیلے چمکتی چھتوں والے گھروں کو دیکھنے لگا اور یہ سب اُس کے ساتھ پچھلے تین سالوں سے ہو رہا تھا جانے کتنی دیر گزر گئی اُسے وقت کے گزرنے کا احساس ہی نہ ہوا۔

بھائی! نوال نے اُسے پکارا۔

ہنہ! وہ چونکا۔

گھومنے چلیں۔ نوال نے مسکرا کر پوچھا اسد کچھ کہے بغیر اُس کے ساتھ چل پڑا نیچے پہنچا تو زاہد اور ثوبیہ بھی تیار تھے وہ چاروں پیدل ہی گھر سے نکل آئے کچھ دیر پہلے ہلکی سی بارش ہوئی تھی ہر شے نکھری ہوئی تھی ہر طرف سوندھی سوندھی خوشبو پھیلی ہوئی تھی، وہ چاروں کافی دیر گھومتے رہے مگر ایک موڑ مڑتے ہوئے اسد کی دل کی دھڑکنیں تیز ہو گئی، تین سال پہلے یہیں پر اُس کا دل پہلی بار کچھ دیر کے لیے دھڑکنا بھولا تھا، یہیں پہلی بار وہ دُکھی ہوا تھا اور یہیں پر اُداسی سے اُس کا

تعارف ہوا تھا، اسد سڑک کے کنارے ٹوٹے ہوئے شیڈ کے نیچے اُسی بینچ کے پاس جا کھڑا ہوا جہاں تین سال پہلے ایسی ہی اُس بھیگی سی شام اسد نے اُس چھوئی موئی سی لڑکی کو بارش میں بھیگتے ہوئے بیٹھے دیکھا تھا جو اُسے دیکھ کر مزید سمٹ گئی تھی اور اُس وقت یہاں صرف بینچ ہی پڑا ہوا تھا اب بھی اُس پر کوئی شیڈ نہیں تھا، اسد کی نظریں نیچے وادی میں پھیلے چمکتی چادر کی چھتوں والے گھروں پر جم گئی اُس نے سوچا جانے وہ کس گھر میں رہتی ہو گی کتنی ہی دیر ہو گئی وہ یونہی کھڑا رہا۔

اسد! زاہد نے پکارا تو وہ چونکا وہ تینوں کچھ دور کھڑے اُسے ہی دیکھ رہے تھے۔ کیا ہوا رک کیوں گئے۔

کچھ نہیں بھیا۔ وہ مسکرایا۔ بس یونہی۔

بس یونہی! زاہد کھکھلا کر ہنس دیا اور ثوبیہ کو دیکھتے ہوئے بولا۔ اکثر یونہی بیٹھے بیٹھے گم ہو جاتا ہوں، میں اب اکثر میں نہیں رہتا تم ہو جاتا ہوں۔ اسد بھی ہنس دیا اور تیز تیز قدم اُٹھاتا ہوا اُن کے پاس آ گیا۔

بھائی! آپ جب بھی یہاں آتے ہیں اس شیڈ کے پاس کیوں رک جاتے ہیں۔ نوال نے پوچھا اسد نے کوئی جواب نہیں دیا بس مسکرا دیا۔

بیٹا جی! اس عمر میں یہ سب ہوتا ہے۔ زاہد مسکرا کر بولا۔

بھیا! آپ بھائی کی شادی کیوں نہیں کرواتے۔ نوال نے پوچھا۔

بیٹا جی شادی کے لیے ایک لڑکی کا ہونا بھی ضروری ہے۔ زاہد ہنس کر بولا۔ اور وہ آپ کے بھائی اب تک ڈھونڈھ نہیں سکے۔

بھیا! ابھی تو اک عمر پڑی ہے۔ اسد نے جان چھڑائی۔

کتنی لکھوا کر آئے ہو۔ زاہد نے پوچھا۔

جی! وہ چونکا مگر پھر بات سمجھ کر مسکرا دیا۔ یہ تو معلوم نہیں۔

تو میاں معلوم کرو۔ زاہد ہنس دیا۔ عمر کے یہ دن بہت قیمتی ہوتے ہیں۔ وہ پھر ہنس دیا۔

پھوپھی جی کچھ لڑکیوں کی تصویریں لائی تھیں۔ ثوبیہ زاہد کی طرف مڑ کر بولی۔ مگر اس نے دیکھی ہی نہیں اور اُنہیں لوٹا دیں۔

ہاں بھیا! نوال جلدی سے بولی۔ اُن میں ایک لڑکی تو بہت ہی خوبصورت تھی مجھے بہت پسند آئی تھی۔

کیوں میاں! زاہد نے اسد کی طرف دیکھتے ہوئے کہا۔ اب تمہارا سوئمبر رچانا پڑے گا۔ اسد اور ثوبیہ ہنس دیئے۔

سوئمبر! نوال چونکی۔ بھیا! وہ کیا ہوتا ہے۔

بیٹا! پرانے وقتوں میں ہندوستان کے راجہ اپنی راجکماریوں کی شادی سوئمبر رچا کر ہی کرتے تھے۔ زاہد نے سمجھایا۔

مگر یہ ہوتا کیا ہے۔ نوال نے پھر پوچھا۔

راجہ سب خوبصورت و بہادر راجکماروں اور راجوں کو اپنے دربار میں بلاتا وہ سب قطار میں کھڑے ہو جاتے پھر راجکماری پھولوں کی مالا لے کر اُن کے سامنے سے گزرتی جو راجکمار یا راجہ اُسے پسند آ جاتا راجکماری اُس کے گلے میں وہ مالا ڈال

دیتی تھی اور پھر اُن کی شادی ہو جاتی تھی۔

واؤ!نوال مسکرائی۔زبردست،بھائی مزہ آجائے گا۔

مزے کی بچی!اسد نے اُس کی چٹیا پکڑ لی۔سوئمبر لڑکیوں کا ہوتا ہے۔

کوئی بات نہیں!نول اپنے بال اُسے چھڑاتے ہوئے بولی۔ہم اپنے راجکمار کا کر لیں گے راجکمار کو جو راجکماری پسند آئی وہ اُس کے گلے میں ہار ڈال دیگا۔اور چاروں ہنس دیئے۔

تین سال پہلے جب وہ سیکنڈ ائیر میں تھا تب وہ اور علی کچھ دنوں کے لیے مری آئے علی اُن کی پھوپھی جی کا بیٹا تھا اور اُس کی منگنی نوال کے ساتھ ہو چکی تھی،اُن دنوں اُن کا چوکیدار صید علی اپنی بھتیجی کی شادی میں شرکت کے لیے قریب ہی واقع اپنے گاؤں گیا ہوا تھا ستمبر کے آخری دن تھے اُسے آج بھی یاد تھا کہ ستمبر کی اُس ہلکی سی سرد شام جب آسمان پر بادل گھرے ہوئے تھے اور بارش کا بھی امکان تھا علی دوپہر کا کھانا کھا کر کسی کام سے چلا گیا اسد گھر میں اکیلا رہ گیا اور تنہائی سے اُکتا کر وہ بھی گھر سے نکل آیا،ہلکی ہلکی ٹھنڈ بھی تھی اور بارش کا امکان بھی تھا اِس لیے اُس نے لیدر کا اوور کوٹ پہن لیا،یہ اوور کوٹ زاہد اُس کے لیے اسپین سے لایا تھا اور اُسے بہت عزیز تھا کئی بار علی کے مانگنے پر بھی اُس نے وہ علی کو نہیں دیا تھا،یونہی بے مقصد چہل قدمی کرتا ہوا وہ پنڈی پوائنٹ کی طرف چلا آیا وہاں کچھ اور لوگ بھی موسم کا لطف لے رہے تھے کچھ لوگ لفٹ چیئر کا مزہ بھی لے رہے تھے اسد بھی وہیں ایک بڑے سے پتھر پر بیٹھ کر دلکش نظاروں میں کھو گیا کچھ دیر بعد ہلکی ہلکی

بوندیں گرنے لگی اُس کا بدن سیر اب ہونے لگا اُس پر سرشاری سی طاری ہونے لگی وہ کوٹ اُتار کر بھیگنے لگا، کچھ دیر میں بارش قدرے تیز ہو گئی اور وہاں موجود لوگ اِک ایک کر کے وہاں سے جانے لگے آخر وہ وہاں اکیلا ہی رہ گیا کافی دیر بھیگتے رہنے کے بعد جب اُسے سردی لگنے لگی تو اُس نے اُٹھ کر اپنا کوٹ پھر پہن لیا اور گنگناتے ہوئے واپس گھر کی طرف چل پڑا، سڑک سے ہٹ کر ایک ٹیلے پر بنا زرد رنگ کا وہ ویران کالج دور سے ہی نظر آ رہا تھا جانے کیوں وہ ہمیشہ اُس کی توجہ کا مرکز رہا تھا وہ کالج ہمیشہ سے ویران تھا اور علی اُسے بھوت بنگلہ کہتا تھا کالج کی زرد رنگی عمارت کے پاس گزرتے ہوئے اُس کے قدم رک گئے اور گنگناہٹ کی آواز حلق میں ہی کہیں دب کر رہ گئی، کچھ فاصلے پر سڑک کے کنارے رکھے بینچ پر ایک لڑکی سکڑی سمٹی بیٹھی سہمی سہمی نظروں سے اُسے ہی دیکھ رہی تھی، لڑکی نے ایک بڑی سی چادر اوڑھ رکھی تھی جس میں صرف چہرہ نظر آ رہا تھا چادر بھی بھیگ کر اُس کے بدن سے چپک گئی تھی وہ سردی سے بری طرح کانپ رہی تھی وہ چند لمحے بے خود سا اُسے دیکھتا رہا لڑکی کچھ اور سمٹ گئی اسد کے قدم خود بخود لڑکی کی طرف اُٹھ گئے وہ مزید سکڑ گئی اسد اُس کے پاس آ کر رک گیا اتنی خوبصورت لڑکی اُس نے اپنی پوری زندگی میں نہیں دیکھی تھی رنگت اتنی گوری تھی کہ چہرہ چمکتا ہوا دکھائی دیتا تھا ہونٹ اتنے گلابی تھے کہ جیسے ابھی لہو پھوٹ پڑے گا وہ چھچھورا نہیں تھا مگر اُس کی نظریں لڑکی کے چہرے سے چپک کر رہ گئی اُسے کسی چیز کا ہوش نہ رہا کتنی ہی دیر گزر گئی۔۔۔ لڑکی خوف یا شاید سردی سے بری طرح کانپ رہی تھی اسد نے اپنا اور کوٹ

اُتارا اور لڑکی کی طرف بڑھا دیا مگر لڑکی اپنی جگہ ہلی تک نہیں، بس اُس کے ہاتھ میں پکڑے کوٹ کو دیکھتی رہی کچھ دیر انتظار کرنے کے بعد اسد نے کوٹ اُس کے پاس بینچ پر رکھ دیا، لڑکی اب بھی چھوئی موئی بنی رہی، اسد اپنے اندر کچھ ٹوٹ پھوٹ محسوس ہوئی اُس کے لیے مزید وہاں رُکنا مشکل ہو رہا تھا، وہ چند لمحے اُسے دیکھتا رہا پھر ہمت کر کے آگے بڑھ گیا حالانکہ پاؤں من من بھاری ہو رہے تھے، ہر ہر قدم جیسے زمین سے چپک چپک جا رہا تھا اور دل پلٹ کر اُسے دیکھنے کی التجائیں کر رہا تھا، کچھ دور جا کر اُس نے مڑ کر دیکھ بھی لیا، لڑکی نے کوٹ اُٹھا لیا تھا اور اب اپنا بھیگا بدن اُس میں چھپا رہی تھی کوٹ اُسے کافی کھلا تھا اسد کے ہونٹوں پر مسکراہٹ پھیل گئی، لڑکی نے بھی ایک پل کے لیے نظر اُٹھا کر اُسے دیکھا اور اگلے ہی لمحے اُس نے اپنی نظر جھکا لی اسد پھر مسکرا دیا اور گھر کی طرف چل پڑا، اب وہ قدرے مطمئن تھا، گھر پہنچا تو بارش میں بھیگنے کی وجہ سے اُسے ٹھنڈ محسوس ہو رہی تھی علی پہلے سے ہی موجود تھا وہ سیدھا باتھ روم میں گیا اور کپڑے چینج کیئے۔

کہاں نکل گئے تھے شہزادے۔ علی نے پوچھا۔

کہیں نہیں یار۔ وہ مسکرایا اور تولیے سے بھیگا سر پونچھنے لگا۔ یونہی گھومنے نکل گیا تھا۔

اس ٹھنڈ میں بارش میں بھیگنے کی کیا تک تھی۔ علی نے پوچھا۔

میں بارش شروع ہونے سے پہلے نکلا تھا۔ اسد نے جواب دیا۔

مگر بارش گھنٹے بھر سے ہو رہی ہے۔ علی نے چبتے ہوئے لہجے میں کہا۔

بس یونہی آوارہ گردی کر رہا تھا۔ اسد نے جان چھڑاتے ہوئے کہا ٹھنڈ سے اُس کے دانت بجنے لگے تھے۔

تو کوٹ پہن جاتا۔ علی بولا مگر ہینگر خالی دیکھ کر چونکا۔ اوئے! تیرا اور کوٹ کہا ں ہے۔

وہ میں نے کسی کو ہدیہ کر دیا ہے۔ اسد نے ہاتھ ملتے ہوئے جواب دیا۔

ہدیہ۔ علی پھر چونکا۔

جی ہاں! اسد نے جواب دیا۔

یہ مہربانی کس پر ہوئی ہے۔ علی نے پوچھا۔

معلوم نہیں کون تھی۔ اسد نے جواب دیا۔

تھی! علی کے کان کھڑے ہو گے۔ کیا مطلب تھی؟

وہ کوئی بہت ہی خوبصورت پری تھی! اسد نے مسکراتے ہوئے جواب دیا۔

پری! علی کی حیرت ابھی باقی تھی۔ بہت ہی خوبصورت پری۔

ہاں۔ اسد پھر مسکرایا اور خیالوں میں کھو گیا۔ بہت ہی خوبصورت پری۔

یہ پری تجھے ملی کہاں؟ علی نے پوچھا۔

ہاں۔ اسد کے خیالات کا سلسلہ ٹوٹ گیا۔ کیا کہا۔

حضور میں نے عرض کیا ہے کہ آپ کو وہ بہت ہی خوبصورت پری ملی کہاں؟

اُسی زرد کالج کے پاس۔ اسد نے جواب دیا۔

پھر تو یقیناً کوئی بھوت ہو گی۔ علی جلدی سے بولا۔

اگر بھوت اتنے خوبصورت ہوتے ہیں تو پھر اللہ کرے تم بھی بھوت بن جاؤ۔ اسد ہنس کر بولا۔

کوئی لڑکی تھی کیا؟ علی نے قدرے سنجیدگی سے پوچھا اور اسد نے صرف سر ہلا دیا۔

میں نے تجھ سے مانگا تھا تو تو نے نہیں دیا اور آج ایک انجان لڑکی کو دے آیا ہے۔ علی قدرے بگڑ کر بولا۔

یار وہ کوئی انجان لڑکی نہیں تھی۔ اسد نے احتجاج کیا۔

تو کیا تیرے تایا کی بیٹی تھی۔ علی کو غصہ آگیا۔

نہیں۔ اسد ہنس دیا۔ وہ میرے تایا کی بیٹی تو نہیں تھی مگر انجان بھی نہیں تھی۔

تو اُسے پہلے سے جانتا ہے؟ علی نے پوچھا۔

ہاں۔ اسد نے جواب دیا۔

کب سے؟ علی نے حیرت سے پوچھا۔

پتہ نہیں۔ اسد نے جواب دیا۔ شاید ہمیشہ سے۔

گھاس تو نہیں کھا آیا۔ علی کو مزید غصہ آگیا اسد اُس کی بات سنے بغیر ہی کچن میں جا گھسا اور اپنے لیے کافی بنانے لگا۔

کافی پیو گے۔ اسد نے کافی کا برتن چولہے پر رکھتے ہوئے کچن میں سے آواز لگائی مگر علی خاموش رہا۔

میں نے پوچھا ہے کافی پیو گیا؟ مگر علی اب بھی خاموش رہا۔

یہ بلب کیوں نہیں جل رہے ؟ اسد نے کچن سے جھانک کر پوچھا۔

بارش کے بعد سے ہی لائٹ نہیں ہے۔ علی نے جواب دیا۔

یعنی آج کی رات اندھیرے میں ہی گزرے گی۔ اسد نے کہا اور دوبارہ کچن میں گھس گیا اور کچھ دیر بعد دو کپ لیے واپس آیا اور ایک کپ اُس کے سامنے رکھ دیا علی نے کپ اُٹھالیا اور چُپ چاپ پینے لگا۔

تجھے کیا ہوا ہے ؟ اسد نے پوچھا۔ منہ کیوں لٹکا رکھا ہے۔

بکواس بند کرو!۔ علی چڑ گیا اسد ہنس دیا اور پھر اُسے ساری بات بتادی۔

ہنہ !علی نے ایک گہری سانس چھوڑی۔

یار وہ بڑی خوبصورت تھی۔ اسد نے کہا۔ پہلی ہی نظر میں کچھ ہو گیا ہے۔

یقیناً تو نے اُس کا نام بھی نہیں پوچھا ہو گا۔ علی نے کہا۔

نام !اسد چونک کر بولا۔ یہ تو میرے دماغ میں ہی نہیں آیا۔

میاں !دماغ والے لوگ اور ہوتے ہیں۔ علی اپنا کالر اُٹھاتے ہوئے بولا۔

اُس کے حسن کی شدت نے میرے حواس چھین لیے تھے۔ اسد نے اعتراف کیا۔

ابے جب اتنی مہربانی کی ہی تھی تو اُسے گھر تک ہی چھوڑ آتا۔ علی نے پھر کہا۔ جانے جنگل میں کہاں بھٹکتی پھر رہی ہو گی۔

تیری تو۔ اسد ایک جھٹکے سے اُٹھا اور جوتے پہننے لگا۔

کیا ہوا۔ علی نے پوچھا۔

یہ سب تو میں نے سوچا ہی نہیں تھا۔ اسد جلدی سے بولا۔ وہ اکیلی گھر کیسے جائے گی۔

جیسے آئی تھی ویسے ہی چلی جائے گی۔ علی نے جواب دیا، پر اسد نے جیسے اُس کی بات سنی ہی نہیں۔

اسد ! اندھیرا پھیلنے لگا ہے اور لائٹ بھی نہیں ہے۔ علی نے پکارا مگر وہ تیزی سے گھر سے نکل بھاگا علی آوازیں دیتا ہی رہ گیا بارش تیز ہو گئی تھی اور اندھیرا ابھی قدرے پھیلنے لگا تھا، وہ تقریباً بھاگتا ہوا وہاں پہنچا، وہ وہاں نہیں تھی بینچ خالی تھا اسد نے آس پاس ہر جگہ دیکھ لیا مگر وہ کہیں نہ ملی اسد پریشان ہو گیا اُس کا دھیان ویران کاٹج کی طرف گیا وہ دوڑ کر کاٹج تک آیا کاٹج مکمل طور پر اندھیرے میں ڈوبا ہوا تھا اسد نے اُس کے چاروں طرف گھوم پھر کر دیکھ لیا مگر وہ کہیں نظر نہ آئی۔

کہاں گئی ہو گی ؟ اُس نے خود سے سوال کیا۔ کسی غلط آدمی کے ہاتھ نہ لگ گئی ہو ؟ وہ بیچین ہو گیا علی بھی اُسے ڈھونڈتا ہوا آ گیا۔

عجیب آدمی ہو تم۔ علی غصے سے بولا۔ پاگلوں کی طرح دوڑے چلے آئے ہو جانتے نہیں کتنا خطرناک علاقہ ہے۔

یار وہ یہاں نہیں ہے۔ اسد نے جیسے اُس کی بات سنی ہی نہیں۔

وہ کوئی بھوت ہو گئی۔ علی جلدی سے بولا۔ ورنہ کوئی لڑکی اِس وقت یہاں اکیلے کیا کرنے آئے گی۔

بکو مت۔ اسد چلایا۔

بھائی کیوں ٹھنڈ سے مروانا چاہتا ہے۔ علی پھر بولا اور اسد کو پہلی بار ٹھنڈ کا احساس ہوا مگر وہ بولا کچھ نہیں۔

اپنا نہیں تو میرا ہی خیال کر لے۔ علی پھر بولا۔

مگر یار! اسد کچھ کہنا چاہتا تھا پر علی نے ٹوک دیا۔

دیکھ یار اگر وہ یہاں ہوتی تو نظر آجاتی۔ اسد نے ایک گہری سانس چھوڑی۔

چلو گھر چلیں۔ علی نے اُسے نرم پڑتے دیکھ کر کہا۔

مم مگر! اسد ہکلایا۔

صبح دیکھ لیں گے۔ علی اُس کا ہاتھ تھپتھپا کر بولا اور اُس کا ہاتھ پکڑ کر گھر کی طرف چل پڑا گھر پہنچ کر بھی اسد کا دماغ وہیں اُلجھا ہوا تھا علی نے انگیٹھی میں مزید لکڑیاں ڈال دی تھی وہ دونوں کپڑے بدل کر اُس کے گرد بیٹھ گئے۔

یار وہ کہاں گئی ہو گی۔ اسد نے پوچھا۔

چُپ کا بیٹھا رہ ورنہ بہت جوتے کھائے گا۔ علی غصے سے بولا۔ ٹھنڈ سے میری اُنگلیوں کے پورے تک سن ہو گئے ہیں اور تجھے اُس بھوتنی کی پڑی ہوئی ہے۔ وہ ہاتھ رگڑ کر گرم کرنے لگا۔

تو کیسا بھائی ہے یار۔ اسد بھی چڑ گیا۔ بھائی کی حالت نہیں سمجھ رہا۔

ابے گدھے! علی نے اُس کی گدی پر ایک چپت رسید کی۔ یہ سب تو تجھے پہلے سوچنا چاہیے تھا۔

یار اُسے دیکھ کر میرے حواس نے کام کرنا ہی چھوڑ دیا تھا۔ اسد نے جواب دیا۔ میں تو اُس سے کوئی بات بھی نہیں کر سکا جیسے وہ کوئی سبز پری تھا اور یہ سب کچھ خواب میں ہوا تھا۔

تو اُسے شہزادے کا خواب سمجھ کر بھول جا۔ علی نے جواب دیا۔

شہزادے نے تو دشوار ترین پہاڑوں میں ساٹھ برس کے سفر کے بعد اپنی سبز پری کو پالیا تھا۔ اسد نے جواب دیا۔

وہ سب تو بچوں کو بہلانے کے لیے قصے کہانیاں ہے۔ علی نے جواب دیا۔ ورنہ ساٹھ برس بعد تو اپنے بچے بھی نہیں پہچانتے وہ بھی کہتے ہیں بڈھے اب تو جان چھوڑ۔ اسد ہنس دیا۔

مگر پھر بھی یار وہ کہاں گئی ہو گئی۔ اسد نے سوچتے ہوئے پوچھا۔

وہ مجھے بتا کر گئی ہے کیا۔ علی چڑ گیا۔ کسی جنگلی جانور کے ہتھے چڑھ گئی ہو گی۔

بکو مت! اسد غصہ ہو گیا۔ علی کچھ نہ بولا اور غصے سے اُسے دیکھنے لگا کچھ دیر یونہی گزر گئی پھر اسد اُٹھ کر ٹہلنے لگا۔

مجھے تو نیند آ رہی ہے۔ علی خمار بھرے لہجے میں بولا۔ تم بھی جب پریڈ کرتے کرتے تھک جاؤ تو جا کر سو جانا۔

یار علی! نیچے گاؤں میں تو ہم نے معلوم ہی نہیں کیا۔ اسد سوچتے ہوئے بولا۔

گاؤں میں اس وقت تیرا کون سا تایا جاگ رہا ہو گا۔ علی غصے سے بولا۔

رات کے نو ہی بجے ہیں۔ اسد گھڑی دیکھ کر بولا۔

اُلو کے پٹھے یہ پہاڑی علاقہ ہے۔ علی کا غصہ اپنی انتہا کو پہنچ گیا۔ یہاں لوگ سرِ شام ہی بستروں میں گھس جاتے ہیں۔

تو پھر ٹارچ لے جا کر چیک کر لیتے ہیں۔ اسد جلدی سے بولا علی نے سر پکڑ لیا۔

بھائی! تجھے جو کرنا ہے کر بس مجھے معاف رکھ۔ علی ہاتھ جوڑ کر ہار مانتے ہوئے بولا۔ وہاں الماری میں ٹارچ رکھی ہے لے جا اور جا کر اپنی محبوبہ کو تلاش کر اور اگر جنگل میں کہیں اُس کی کسی درندے کی ادھ کھائی لاش نہ ملے تو نیچے گاؤں میں چلے جانا شاید کسی اللہ کے بندے نے تمہاری اُس بھوتنی کو مہمان بنا رکھا ہو۔

تم کوئی اچھی بات نہ کرنا۔ اسد بگڑ گیا۔

اچھی بات اور اچھے کام کرنے کے لیے اللہ نے تمہیں جو پیدا کیا ہے۔ علی نے جواب دیا اور اُٹھ کر اپنے کمرے میں چلا گیا اسد کچھ دیر سوچتا رہا اور پھر المار ی سے ٹارچ نکال کر دوبارہ گھر سے نکل گیا ٹارچ انتہائی طاقتور تھی اور اتفاق سے پوری طرح چارج بھی تھی بارش رک چکی تھی مگر سردی کافی بڑھ گئی تھی یخ ہواؤں نے اُس پر کپکپی طاری کر دی اُس نے آس پاس کا سارا علاقہ کئی بار دیکھ ڈالا لائٹ ابھی تک نہیں آئی تھی اِس لیے نیچے پہاڑی کے دامن میں بسا گاؤں بھی تاریکی میں ڈوبا ہوا تھا، اسد نے اُس ویران اور تاریک کاٹج کے اطراف بھی کئی چکر لگا لیے آخر تھک ہار کر وہ اُسی بینچ پر آ بیٹھا ایک احساس جرم اُسے اندر ہی اندر کھائے جا رہا تھا۔

ساری عمر میں جو ایک ہی دل کو بھائی تھی میں اُسے اکیلا کیسے چھوڑ سکتا ہوں؟ اُس نے خود سے سوال کیا مگر یہ ہو چکا تھا اور وہ نہیں جانتا تھا کہ وہ اب کس حال

میں ہے وہ تڑپ کر اُٹھا اور پتھر پر کھڑا ہو کر ایک بار پھر چاروں جانب ٹارچ کی روشنی ڈالی مگر ٹارچ کی روشنی اور اُس کی نظر درختوں اور پتھروں سے ٹکرا کر ناکام لوٹ آئی۔

اے معصوم اور خوبصورت پری! تم کہاں ہوں؟ بے اختیار اُس کے حلق سے ایک چیخ سی نکلی اور پہاڑوں میں گونج اُٹھی۔

خدارا! مجھے جواب دو۔ مگر اُس کی آواز پھر پہاڑوں سے ٹکرا کر لوٹ آئی اور کوئی جواب نہیں آیا، اب اُس پر وحشت طاری ہونے لگی تھی، وہ خود کو مجرم سمجھنے لگا تھا اُس کا ضمیر اُسے بری طرح ملامت کر رہا تھا، وہ ایک بار پھر ٹارچ لے کر اُسے تلاشنے لگا اور اِس بار وہ اُسے پکارتے ہوئے اور آوازیں دیتے ہوئے کافی دور تک گیا، مگر وہ کہیں نہیں تھی، اسد تھک ہار کر لوٹ پھر اُسی بینچ کے پاس لوٹ آیا اور اُس پر بیٹھ گیا سردی کی شدت سے اُس کا بدن کپکپا رہا تھا مگر اندر ایک عجیب سی چنگاری بھڑک اُٹھی تھی جس میں وہ بری طرح سلگ رہا تھا۔

اے خوبصورت پری! خدارا مجھ پر رحم کرو۔ دفعتاً وہ چلایا اور سسک پڑا۔

اسد! بس کرو یار! اُسے علی کی آواز سنائی دی وہ اندھیرے کی چادر چیرتا ہوا سامنے آگیا۔

علی! وہ نہیں ملی۔ اسد کی آنکھیں بھیگ چکی تھیں۔ خدا جانے کہاں چلی گئی ہے۔

اُس کا گھر کہیں قریب ہی ہو گا اور وہ اپنے گھر چلی گئی ہو گی۔ علی نے جواب دیا

،اسد کی نظریں بے اختیار کالج کی زرد عمارت کی طرف اُٹھ گئیں۔

شاید وہ نیچے وادی میں رہتی ہو۔ علی شاید اُس کا مطلب سمجھ گیا تھا۔

اللہ تمہاری زبان مبارک کرے۔ اسد نے بے اختیار کہا۔

چلو گھر چلیں۔ علی نے اُس کے کندھے پر ہاتھ رکھ کر کہا۔

تمہیں یقین ہے نا وہ خیریت سے ہو گی۔ اسد نے بچوں کی طرح پوچھا علی غصے سے اُسے دیکھنے لگا۔

ہاں! وہ ایک طویل سانس لے کر بولا۔ جس کے لیے تم جیسا مخلص شخص تڑپ رہا ہوں اُسے یقیناً کچھ نہیں ہو سکتا۔ اسد کچھ نہیں بولا۔

چلو گھر چلیں۔ علی نے پھر کہا اسد کچھ ہچکچایا اور مڑ کر پھر اطراف میں ٹارچ کی روشنی ڈالی مگر وہی مایوسی اُس نے دکھ سے سر جھکا لیا اور کچھ دیر بعد اُس کے ساتھ چل پڑا مگر وہ مڑ مڑ کر پیچھے دیکھتا بھی جا رہا تھا وہ رات اُن دونوں نے آنکھوں میں کاٹی اسد کو تو ویسے ہی نیند نہیں آ رہی تھی اور علی کو یہ ڈر تھا کہ وہ پھر کوئی بیوقوفی نہ کر بیٹھے صبح ہوتے ہی اسد ایک بار پھر اُس طرف چل پڑا اس بار علی بھی اُس کے ساتھ تھا اُنہوں نے پورے علاقے کا چپہ چپہ چھان مارا نیچے گاؤں میں بھی گئے صید احمد اُنہیں اپنے گاؤں میں دیکھ کر بہت حیران ہوا وہ لوگ مری دو دن رہے اور ان دو دنوں میں اسد کی حالت عجیب سی تھی علی کو اُس سے ڈر لگنے لگا تیسرے دن وہ اُسے زبردستی لے کر واپس اسلام آباد آ گیا اُس کے کئی دن بعد تک اسد کی حالت خراب سی رہی مگر پھر دھیرے دھیرے سنبھلنے لگی اُنہوں نے اِس بات کا گھر میں

کسی سے ذکر نہیں کیا مگر اُس کے بعد وہ جب بھی مری آیا اُس کی یہی حالت ہو جاتی رہی۔

**

وہ صبح ناشتہ کرتے ہی گھر سے نکل آیا تھا اور پچھلے تین گھنٹوں سے اُسی شیڈ تلے بنے بنچ پر بیٹھا تھا آج وہ پھر شدت سے یاد آ رہی تھی

جنگلی پھولوں کی خوشبو نے فضا کو پوری طرح معطر کر رکھا تھا کئی شوخ و جوان جوڑے ادھر اُدھر بکھرے چہل قدمی کر رہے تھے اُنہیں دیکھ کر اُس کے سینے میں ایک ٹیس سی اُٹھی وہ آتی جاتی ہر اکیلی لڑکی کو غور سے دیکھنے لگا مگر اُن میں سے کوئی بھی اُس جیسی نہیں تھی اُسے اپنی بے بسی پر رونا آنے لگا اُس کی نظر آسمان کی طرف اُٹھ گئی۔

مالک! تو کب تک میرا امتحان لے گا۔ اُس کے لبوں پر ایک درد بھری التجا آ ہی گئی مگر آسمان خاموش تھا اُس کی التجا بے نیل و مرام لوٹ آئی اُس نے سر جھکا لیا اور سامنے والے کاٹج کو دیکھنے لگا ایک لمحے کو اُسے کھڑکی کا پردہ ہلتا ہوا محسوس ہوا جیسے کوئی تاریک کھڑکی کے پیچھے کھڑا تھا وہ کھڑکی کو گھورنے لگا کافی دیر گزر گئی مگر کچھ نہ ہوا اُسے خود ہی اپنی سوچ پر ہنسی آئی وہ اچھی طرح جانتا تھا کہ وہ کاٹج ہمیشہ سے ویران رہا ہے مگر جانے کیوں اُسے آج یہ شک ہوا تھا وہ کچھ دیر مزید وہاں بیٹھا رہا پھر اُٹھ کر گھر آ گیا مگر پورچ میں علی کی جیپ دیکھ کر وہ چونک گیا علی کے ساتھ پھوپھی

جی بھی آئی ہوئی تھی اور سب ڈائینگ ٹیبل پر بیٹھے تھے اور ثوبیہ کھانا لگا رہی تھی وہ علی اور پھوپھی جی سے ملا۔

کیسی ہیں پھوپھی جی! اسد نے اُن سے پوچھا۔

اچھی ہوں بیٹا۔ پھوپھی جی نے جواب دیا۔ تم اپنی سناؤ۔

ہنہ! وہ جانے کیوں ہنس دیا پھوپھی حیرت سے اُسے دیکھنے لگی۔

اسد! تم بھی جلدی سے فریش ہو کر آ جاؤ۔ ثوبیہ بریانی کی ٹرے ٹیبل پر رکھتے ہوئے بولی۔

جی اچھا بھابی! اُس نے کہا اور واش روم چلا گیا واپس آیا تو بھابی کھانا لگا چکی تھی وہ علی کی ساتھ والی خالی کرسی پر بیٹھ گیا سب سر جھکا کر کھانا کھانے لگے کھانے کے بعد وہ اور علی ٹیرس پر آ گئے۔

تم کہاں تھے۔ علی نے پوچھا۔

بس یونہی گھومنے نکل گیا تھا۔ وہ سامنے دیکھتے ہوئے بولا۔

تم ابھی تک اُس بات کو بھولے نہیں۔ علی نے کہا اسد نے کوئی جواب نہیں دیا۔

اپنی حالت دیکھی ہے۔ علی نے کہا اسد اب بھی خاموش رہا۔

اسد وہ تمہارا وہم بھی تو ہو سکتا ہے۔ علی نے اُس کے کندھے پر ہاتھ رکھ کر کہا۔

ہنہ! اسد بس مسکرا کر رہ گیا۔

یا پھر ممکن ہے وہ کسی اور شہر کی ہو اور واپس اپنے شہر چلی گئی ہو۔ علی نے ایک اور دلیل دی۔

علی !اسد نے اُس کی آنکھوں میں جھانکتے ہوئے کہا۔وہ وہم نہیں میرا یقین ہے اور تم دیکھ لینا ایک دن وہ مجھے اِسی وادی میں ملے گی ،اُسی جگہ ،اُسی شیڈ کے نیچے ، یونہی بارش برس رہی ہو گئی اور وہ میرا کوٹ پہنے وہیں بیٹھی میرا اِنتظار کر رہی ہو گی۔ علی نے ایک گہری سانس لی اور سامنے پھیلی وادی کی طرف دیکھنے لگا۔

لگتا ہے !زاہد بھائی سے بات کرنی ہی پڑے گی۔ علی نے کہا۔

تم بھیا سے کوئی بات نہیں کرو گے۔اسد نے اُس کا بازو پکڑ کر کہا۔

میرا بازو چھوڑو۔ علی نے اپنا بازو چھڑانے کی کوشش کی مگر اسد کی گرفت سخت تھی۔

تم بھیا سے کوئی بات نہیں کرو گے۔اسد نے اپنی بات دہرائی اور اُس کا بازو چھوڑ دیا۔

تم خطرناک حد تک دماغی مریض بن چکے۔ علی اپنا بازو مسلتے ہوئے بولا۔

شاید تم ٹھیک کہتے ہو۔اسد نے ایک گہری سانس لے کر کہا۔ مگر میرا یقین کرو میں مجبور ہوں۔

یار اسد!تم سمجھنے کی کوشش کرو۔ علی اُس کی طرف مڑ کر بولا۔مری ایک چھوٹا سا علاقہ ہے اور تم خود سوچو! پچھلے تین سالوں سے تم اُسے پاگلوں کی طرح ڈھونڈ رہے ہو اگر وہ یہاں ہوتی تو کب کی مل چکی ہوتی۔

وہ ملے گی۔ اسد یقین سے بولا۔ تم یقین کرو وہ ضرور ملے گی۔

کب؟ علی نے سوال کیا۔ جب تمہاری کمر جھک جائے گی اور ہاتھ میں لاٹھی ہو گی۔

نہیں! اتنی دیر نہیں ہو گی۔ اسد مسکرا کر بولا۔

ہنہ! علی نے ایک گہری سانس لی اور پھر ٹیرس سے نیچے جھانکنے لگا۔

بھائی! نوال کی آواز پر وہ دونوں چونک کر پلٹے۔ آپ کو پھوپھی جی بلا رہی ہیں۔ اُس نے مڑ کر علی کو دیکھا تو مسکرا رہا تھا۔

اب بچ کر دکھانا۔ علی مسکرا کر بولا۔

تمہیں تو میں دیکھ لوں گا۔ اسد اُسے گھورتے ہوئے بولا اور اندر چلا گیا۔

اور تم! علی شرماتی ہوئی نوال کو دیکھ کر بولا۔ میں تمہیں نظر نہیں آتا یا تم مجھے دیکھنا ہی نہیں چاہتی۔

کیا مطلب؟ نوال نے سر اُٹھا کر حیرت سے کہا۔

سلام دُعا بھی کوئی چیز ہوتی ہے۔ علی جل کر بولا۔ کب سے آیا ہوں نہ تم نے سلام کیا اور نہ میری خیریت پوچھی۔

السلام و علیکم! وہ باقاعدہ کورنش بجالائی۔ اور آپ کی خیریت خداوند کریم سے نیک مطلوب۔ اور پھر ہنستی ہوئی اندر بھاگ گئی علی بھی مسکرا دیا اور اُس کے پیچھے اندر چلا آیا سب لیونگ میں بیٹھے تھے مگر نوال نظر نہیں آ رہی تھی وہ مسکراتا ہوا اسد کے پاس جا بیٹھا۔

یار! تم ایک بار دیکھ تو لو۔ زاہد ایک البم اسد کی طرف بڑھاتے ہوئے بولا۔

بھیا! جب وقت آئے گا تب دیکھ بھی لوں گا ابھی دیکھ کر کیا فائدہ۔ اسد مسکرا کر بولا اور البم واپس کھسکا دی۔

بیٹا تم دیکھو تو سہی! پھوپھی جی بولی۔ شاید تمہیں کوئی پسند آ جائے۔

پھوپھی جی اب آپ لوگ خواہ مخواہ کی ضد کر رہے ہیں۔ اسد نے جواب دیا۔

ارے! ضد ہم لوگ کر رہے ہیں یا تم؟ ثوبیہ حیرت سے بولی۔

بھابی پلیز! اسد اُس کی طرف مڑ کر بولا۔

یار! تم کچھ زیادہ ہی نخرے نہیں کر رہے۔ زاہد حیرت سے بولا۔

بھیا! میں نے ابھی میں کچھ عرصہ آزاد رہنا چاہتا ہوں۔ اسد نے جواب دیا۔

ارے! ہم کہیں خدانخواستہ تمہیں قید تو نہیں کر رہے۔ پھوپھی جی غصے سے بولی۔

کہیں! کسی سے کوئی وعدہ تو نہیں کر بیٹھے۔ زاہد نے پوچھا۔

ہاں بئی! کہیں تم نے خود ہی کوئی لڑکی تو نہیں پسند کر رکھی۔ بھابھی نے پوچھا۔

ہنہ! وہ ہنس دیا علی کی بھی ہنسی نکل گئی۔ تینوں انہیں حیرت سے دیکھنے لگے۔

بئی! کون ہے وہ؟ پھوپھی جی نے پوچھا۔ کس کی بیٹی ہے؟

ارے! پھوپھی جی ایسا کچھ بھی نہیں ہے۔ وہ مسکرا کر بولا۔

مجھے پہلے ہی شک تھا۔ پھوپھی جی غصے سے بولی۔ یہ آج کل کی لڑکیاں بھی کمبخت خود ہی بر ڈھونڈنے نکل پڑتی ہیں۔

اماں! کوئی بھی کمبخت لڑکی اتنی بھی بیوقوف نہیں ہو سکتی ہے کہ وہ اِسے اپنا بر چنے۔ علی ہنستے ہوئے بولا۔

کیوں کیا کمی ہے میرے لال میں۔ پھوپھی سب کچھ بھول کر اُس کی بلائیں لینے لگی۔

اے لو! علی ہنس کر بولا۔ ابھی لڑکیوں کو کوسنے دے رہی تھی اور ابھی اِس کی لاڈیاں کرنے لگی۔

اسد! سچ بتاؤ کیا بات ہے۔ زاہد قدرے تشویش سے بولا۔

بھیا! ایسا کچھ بھی نہیں ہے۔ اسد نے مسکرا کر جواب دیا۔ اور اگر ایسا کچھ ہوا تو میں سب سے پہلے آپ کو ہی بتاؤں گا۔

تو پھر یہ سب کیا ہے۔ زاہد نے حیرت سے پوچھا۔

بس! میں ابھی کچھ دن اور اِس جھنجھٹ میں نہیں پڑنا چاہتا۔ اسد نے جواب دیا۔

ہنہ! ٹھیک ہے۔ زاہد نے سر ہلا دیا اور اسد مسکرا دیا دو دن بعد وہ سب واپس اسلام آباد لوٹ گئے۔

ہر سال ستمبر کے آغاز سے ہی اُس کی بے چینی بڑھنے شروع ہو جاتی تھی اور اِس سال بھی ایسا ہی ہو رہا تھا، ستمبر شروع ہوتے ہی اُس کی بے چینی بڑھنے لگی وہ اپنے آپ کو سنبھالنے کی جتنی کوشش کرتا دل اُتنی ہی شدت سے دھڑکنے لگتا تھا اور جب آسمان پہ بادل گھر آتے تو اُسے لگتا کہ جیسے کوئی اُس کے کانوں میں سرگوشیاں

کر رہا ہو یا جیسے کسی نے اُس کا دل مٹھی میں پکڑ کر مسل دیا ہو، جیسے اندر ہی اندر سلگتی چنگاری انگارہ بن چکی ہے اور اب کسی بھی لمحے شعلہ بننے کو بیتاب ہے اور ستمبر کا وہ خاص دن آتے آتے تو اُس کی بے چینی انتہاؤں پر پہنچ گئی وہ صبح ناشتہ کرتے ہی وہ مری کے لیے نکل کھڑا ہوا حالانکہ غیر متوقع طور پر رات سے ہی وقفے وقفے سے بارش ہو رہی تھی زاہد اور ثوبیہ اُسے منع ہی کرتے رہ گئے مگر وہ خود کو روک نہیں پایا۔۔۔ اُس نے گاڑی زرد رنگی عمارت سے کافی فاصلے پر ہی روک لی اور اُتر کر ٹہلتا ہوا زرد رنگی کاٹج کی طرف بڑھا بارش کا سلسلہ جو کچھ دیر پہلے رکا تھا وہ پھر شروع ہو گیا اسد جینز کے جیبوں میں ہاتھ ڈالے خراماں خراماں چلتا ہوا زرد رنگی عمارت کے سامنے بنے شیڈ تلے رکھے بینچ پر آ بیٹھا شیڈ موسم کی سختیاں جھیلتے جھیلتے مکمل طور پر ختم ہو چکا تھا بینچ کی حالت بھی بہت خستہ ہو چکی تھی ٹھنڈ بڑھتی جا رہی تھی مگر اُس کے اندر الاؤ جل رہا تھا اچانک ضبط کے سارے بندھن ٹوٹ گئے وہ اُٹھ کھڑا ہوا۔

اے میری سبز پری! تم کہاں ہوں۔ پوری وادی اُس کی آواز سے گونج اُٹھی۔

دیکھو! میرا اور امتحان مت لو۔۔۔ میں بہت کمزور پڑ گیا ہو مجھے بکھرنے سے بچا لو۔۔۔ تم سن رہی ہو نا؟ مگر وہاں سوائے اُس کی اپنی آواز کی بازگشت کے کچھ بھی نہ تھا۔

اچھا چلو ایک بار ہی، صرف ایک بار آ جاؤ، میں تمہیں دیکھنا چاہتا ہوں۔ اُس نے التجا کی، مگر اِس بار بھی التجا محض بازگشت سے آگے نہ بڑھ سکی، وہ پھر بینچ پر بیٹھ گیا بارش تیز ہو گئی مگر وہ یونہی بیٹھا رہا اُس کی نظر زرد کاٹج کی طرف اُٹھ گئی اُسے لگا

کہ جیسے آج پھر کوئی کھڑکی کے پردے کے پیچھے کھڑا اُسے دیکھ رہا ہے وہ کھڑکی کو گھورنے لگا مگر تیز بارش کی وجہ سے اُسے کچھ نظر نہیں آرہا تھا کتنی ہی دیر گزر گئی بارش تھی کہ جیسے آسمان پھٹ پڑا ہو ٹھنڈ سے اُس کا بدن اکڑنے لگا اندھیرا پھیلنے لگا تھا یا شاید اُس کا دماغ اپنا کام چھوڑ کر دھیرے دھیرے کہیں تاریکیوں میں ڈوبتا جارہا تھا اُسے بھی اپنی ممکنہ موت کا یقیناً ہونے لگا تھا اُس کی آنکھیں بند ہونے لگی مگر وہ ابھی مرنا نہیں چاہتا تھا وہ اپنی سبز پری کو دیکھے بنا مرنا نہیں چاہتا تھا اُس نے اپنے جسم کی باقی ماندہ پوری توانائی صرف کرتے ہوئے ایک بار آنکھیں کھولی وہ سامنے کھڑی تھی اُس کی سبز پری۔۔۔ ویسے ہی بڑی سی بھیگی چادر میں لپٹی ہوئی اُس کا اوور کوٹ ہاتھ میں پکڑے۔۔۔ اُس کے نیلے پڑتے ہونٹوں پر مسکراہٹ پھیل گئی وہ اُسے اُس کے اوور کوٹ میں چھپا رہی تھی۔

سس! سبز پپ پری! تت تم نے بب بہت دیر کر دی۔ وہ مسکرا کر بولا اور اُس کی پلکیں بوجھل ہوتی چلی گئی۔ اُس کے دماغ کا آخری احساس یہی تھا کہ جیسے کسی نے اُسے اپنی آغوش میں لے لیا ہو۔

**

اُس کے دماغ میں بیداری کی پہلی رو دوڑ گئی اور ایک پل میں ہی ہاتھ میں اُس کا اوور کوٹ لیے بارش میں بھیگتی سبز پری اُس کی نگاہوں میں گھوم گئی اُس نے دھیرے سے آنکھیں کھولیں وہ کسی اجنبی کمرے میں تھا اور اُس کے جسم پر تہہ در

تہہ کئی گرم لحاف پڑے ہوئے تھے وہ حیرت سے ادھر اُدھر دیکھنے لگا کمرہ نہایت ہی دلکش تھا ایک دیوار کے ساتھ گیس ہیٹر بھی جل رہا تھا جس نے کمرے کو کافی گرم کر رکھا تھا اُسے اپنے دائیں طرف کسی کی موجودگی کا احساس ہوا اُس نے پلٹ کر دیکھا تو وہ کوئی لڑکی تھی جو کرسی پر بیٹھی تھی مگر اپنے دونوں بازو اُس کے بیڈ پر رکھے اُن پر سر رکھے سو رہی تھی لڑکی کا چہرہ تو نظر نہیں آ رہا تھا مگر جسم پر وہی بڑی سے چادر تھی وہ بستر پر اُٹھ بیٹھا آہٹ پا کر لڑکی نے سر اُٹھا کر اُسے دیکھا وہ وہی تھی اُس کی سبز پری اسد اُسے دیکھتا ہی رہ گیا وہ بھی بت بنی رہ گئی کتنی ہی دیر ہو گئی وقت کی دھڑکن رک گئی کائنات کی ہر شے تھم گئی اجرام فلکی اپنے مداروں میں برف ہو گئے۔

آپ کی طبیعت اب کیسی ہے۔ جیسے کسی نے صور اسرافیل پھونک دیا ہو۔۔۔ اور سارے اجرام فلکی ایک دوسرے سے بری طرح ٹکرا گئے۔۔۔ اسد نے آواز کا تعاقب میں نظر دوڑائی تو ایک اور لڑکی کمرے کے دروازے سے اندر آ چکی تھی اور اُس نے ہاتھ میں سوپ کا پیالہ پکڑ رکھا تھا۔

میں کہاں ہوں۔ اسد نے پوچھا اُس کی نظریں پھر اپنی سبز پری کے چہرے سے چپک گئی تھی جو اُسے پلکیں جھپکائے بغیر دیکھ رہی تھی دوسری لڑکی بھی کرسی کھینچ کر سبز پری کے پاس بیٹھ گئی۔

آپ وہیں ہیں جہاں آپ کو ہونا چاہیے تھا۔ لڑکی نے جواب دیا۔

کک کہاں۔ اُس نے چونک کر ایک بار پھر کمرے کا جائزہ لیا۔ یہ کونسی جگہ

ہے۔

آپ کی سبز پری کا گھر۔ وہ سبز پری کے کندھوں پر پیار سے ہاتھ رکھتے ہوئے بولی۔

سبز پری کا گھر؟ اسد نے دہرایا۔ میری سبز پری کا گھر۔ سبز پری نے شرما کر سر جھکا دیا دوسری لڑکی ہنس دی۔

یہ وہی زرد کاٹج ہے جس کے باہر آپ دیوانوں کی طرح سبز پری، سبز پری تم کہاں ہو! چلاتے رہتے ہیں۔ اُس نے جواب دیا۔

زرد کاٹج؟ وہ ایک بار پھر چونکا۔ مگر وہ تو ہمیشہ ویران رہتا ہے۔

ہاں۔ وہ مسکرائی۔ مگر پچھلے کچھ سالوں سے ہم دونوں ہر سال پورا ستمبر میں یہیں بتاتی ہیں۔

ہنہ! اسد نے ایک گہری سانس لی اور پھر سے سبز پری کو دیکھنے لگا۔

آ آپ کون؟ اسد نے پوچھا۔

نیلی پری۔ وہ ہنس کر بولی اور دونوں کھکھلا کر ہنس دی اسد دونوں کا منہ دیکھتا رہ گیا۔

میرا نام سلمی ہے۔ وہی لڑکی پھر بولی۔

اور؟ وہ سوالیہ نظروں سے سبز پری کو دیکھنے لگا۔

یہ پروشہ ہے۔ لڑکی نے جواب دیا۔ ہم آپس میں چچازاد بہنیں ہیں۔

پروشہ! اسد کا منہ مٹھاس سے بھر گیا سبز پری مزید شرما گئی۔

یہ خود کیوں نہیں بولتی؟ اسد نے سوال کیا۔

یہ بول نہیں سکتی۔ سلمی نے جواب دیا۔

ہنہ !اسد چونک کر اُسے دیکھنے لگا سبز پری کا چہرہ تاریک ہو گیا وہ اُٹھ کھڑی ہوئی۔

رکو۔ اسد نے فوراً اُس کا ہاتھ پکڑ لیا اور بستر سے اُٹھنے لگا۔

ہنہہ !وہ گھبر اگئی اور اُسے بازوؤں سے پکڑ کر واپس بستر پر لٹانے لگی۔

آ آپ لیٹے رہیے۔ سلمی بھی گھبر اگئی۔ ڈاکٹر نے آپ کو مکمل آرام کا کہا ہے۔

آرام !اسد حیرت سے بولا۔ جس کی زندگی داؤ پر لگی ہو وہ کیسے آرام کر سکتا ہے۔

پلیز !آپ لیٹے رہیے۔ سلمی نے کہا اسد نے مڑ کر پروشہ کو دیکھا جو اُسے پکر کر لٹانے کی کوشش کر رہی تھی اُس کی پلکیں بھی بھیگی ہوئی تھی اسد ڈھیلا پڑ گیا۔

مگر اِسے کہو یہ میرے پاس ہی بیٹھے۔ اسد نے سلمی سے کہا۔

میں کیوں کہوں۔ سلمی نے کندھے اچکائے۔ پاس ہی تو کھڑی ہے آپ خود کہہ لیجئے۔

یہ میری بات کیسے سمجھے گی۔ اسد نے حیرت سے پوچھا۔ میں اِشاروں کی زبان نہیں جانتا۔

اِشارے کس لیے ؟ سلمی مسکرا کر بولی۔ یہ بول نہیں سکتی مگر سن تو سکتی ہے۔

کیا مطلب۔ اسد حیرت سے بولا۔

یہ پیدائشی طور پر ایسی نہیں ہے۔ سلمی نے جواب دیا۔

تو پھر ؟ اسد اُلجھ کر رہ گیا۔

پانچ سال پہلے اِس کی گردن پر پتنگ کی ڈور پھر گئی تھی۔ سلمی نے جواب

دیا۔ یہ بچ تو گئی مگر گردن کی کچھ حساس رگیں کٹ جانے کی وجہ سے یہ گویائی سے محروم ہو گئی ہے۔ سلمی نے اُس کا چہرا پکڑ کر اُٹھایا گردن پر ہلکا سا نشان اب بھی تھا۔

بہت تڑپایا ہے تم نے۔ وہ پروشہ کو دیکھتے ہوئے بولا اور اُس کا ہاتھ اپنے ہاتھوں میں لے لیا وہ شرما کر اپنا ہاتھ چھڑانے لگی اور سلمی ادھر اُدھر دیکھنے لگی۔

تمہیں ذرا بھی ترس نہیں آیا تھا۔ اسد نے پوچھا پروشہ بری طرح شرما گئی اور ہاتھ چھڑا کر کمرے سے بھاگ گئی۔

یہ ڈر رہی تھی کہ آپ اصلیت جان کر اِسے ٹھکرا نہ دیں۔ سلمی نے کہا۔

یہ پہلے لمحے سے ہی آپ کو پسند کرنے لگی تھی۔ سلمی نے کہا اور اسد نے حیرت سے سلمی کو دیکھا۔ ایسی ویران جگہ پر کوئی خوبصورت لڑکی کسی نوجوان لڑکے کو اکیلی مل جائے تو! سلمی نے اپنی بات ادھوری چھوڑ دی۔

آپ کی شرافت اور انسانیت نے پروشہ کو ایک ہی لمحے میں گھائل کر دیا تھا۔ سلمی مسکرا کر بولی۔ اور پھر ہم آپ کی دیوانگی تو دیکھتے ہی رہے ہیں۔

وہ اُس دن باہر کیوں بھیگ رہی تھی۔ اسد نے پوچھا۔ کیا آپ گھر میں نہیں تھی۔

وہ بہت ضدی ہے۔ سلمی نے جواب دیا۔ اُس دن مجھ سے خفا ہو گئی تھی اِس لیے ناراض ہو کر باہر چلی گئی تھی۔

ہنہ! اسد نے سر ہلا دیا۔

ارے آپ کا سوپ ٹھنڈا ہو گیا میں ابھی گرم کر کے بھجواتی ہوں۔ سلمی نے

کہا اور سوپ کا پیالا اُٹھا کر باہر نکل گئی اسد نے بیڈ کے پشتے سے ٹیک لگا کر آنکھیں موند لیں اُس کا جوڑ جوڑ دکھ رہا تھا کمرہ کافی گرم تھا اِس لیے وہ بہتر محسوس کر رہا تھا کچھ دیر بعد دروازہ کھلنے کی آواز پر اُس نے آنکھیں کھولی تو وہ پروشہ تھی جو ٹرے میں سوپ کا پیالہ رکھے شرماتی ہوئی اندر داخل ہوئی تھی اسد اُسے گہری نظروں سے دیکھنے لگا اُس کا سر جھکا ہوا تھا اور وہ ویسی ہی ایک بڑی سی چادر میں اوڑھ رکھی تھی وہ پہلے سے بھی زیادہ خوبصورت لگ رہی تھی وہ اسد کے پاس اُسی کرسی پر بیٹھ گئی اور پیالی ٹیبل پر رکھ دیا پھر دھیرے سے پلکیں اُٹھا کر اُسے دیکھا اُسے اپنی طرف متوجہ پا کر پھر شرما گئی۔

پروشہ !اسد نے اُسے پکارا تو وہ چونکی۔ مجھے سوپ نہیں پلاؤ گی۔ وہ مسکرا دی اور چمچ سے اُسے سوپ پلانے لگی۔

تم بہت ظالم ہو۔ اسد نے کہا اور وہ مسکرا دی۔

یاد رکھنا گن گن کر سارے بدلے لوں گا۔ اسد نے کہا اور وہ ہنستے ہوئے خالی پیالہ اُٹھا کر ایک بار پھر کمرے سے بھاگ گئی اور اسد نے سائیڈ ٹیبل پر پڑا ہوا فون اُٹھالیا اُسے علی کو بھی تو فون کرنا تھا گھر والے یقیناً اُس کی وجہ سے پریشان ہوں گے۔

* * *